なぜ
人はいい言葉でのびるのか

―心に響く言葉―

篠山孝子 著

序

宇都宮大学名誉教授　齋藤健次郎

言葉を改善改革することによって心が変わり、社会が変わり、人生が変わるという着想はすばらしい。全体は1　心のめざめ、2　心を磨く、3　心を鍛える、4　心がひらく、5　心の表現の5章構成になっている。

中心の部分は3の「心を鍛える」で立場、役割、位置関係の認識とその言語的表現である。ことばが単純化されているアメリカの真似ばかりしているので、日本人は伝統文化の「言葉を鍛える」ことを放棄した。だから言葉を取り上げて日本人の精神を鍛えることが必要である。篠山先生の考えに私も同感である。

また、偉人や先達のことばの引用も教育上大切なことである。ヨハネ福音書、リンカーン、カーネギー、仏典、聖書、アインシュタイン、ヒンズー教の教典、ベル、ヘレン・ケラー、カール・ヒルティー、ホイットマン、クセノフォン、千利休、小林多喜二、シラー、大山康弘などのいい言葉が引用され、この本の利用を幅広くしている。

特に、日本の教育や、家庭教育が見失った伝統文化である言葉をもう一度しっかり取り戻そう。

もくじ

1

心のめざめ

共感をともに分かちあう心

子ども達も、両親・先生も時間に追われ忙しくなってきたせいか人間的ふれあいが少なくなってきました。言葉には、命が宿っているのですから、多くの人との会話が必要であると思います。なぜなら人間は人とのふれあいによって、心が成長していくからです。しかし、今は、家庭も忙しすぎて会話が少なくなってきました。子ども同士の会話も簡素化され崩れてきました。

○うざったいを、　「うざい」といい
○本当なのを、　「マジ」といい
○同じ年の友達を、「タメ」といい
○恰好が悪いを、　「ダサイ」といい
○全然いい、「全然」は下に打ち消しの語を伴うのに、意味の違う日本語を使っています。また、日本語化した英語なども増えてきました。今こそ言葉を取り上げて日本人の精神を鍛えることが必要であると思います。

最近は、家庭の中でもマイナスの言葉を使う人達が増え、殺し合いまでおきています。いたわりの気持ちや、相手を思いやる心が失なわれてきました。人間にとって最も大切な相手を思いやる心は、ふれあいの中で培われます。

だから、子どもを美しい自然の中で育てることの大切さを、しみじみと感じます。何も教えなくていい、緑の野で花を見つめ、森の中で昆虫や動物たちとたわむれるだけでいいと思います。

「持っていないものは、与えようがない。」という、言葉があるけれど、自分が他人に大事にされ、思いやりをかけられてこそ、他人にそれをしてあげることが、はじめてできるのではないかと思うのです。人と人との気持ちは、言葉がなくとも伝わるものです。

ヘレン・ケラーは、家庭教師のサリヴァン（グラハム・ベル博士が、ボストンの有名な盲学校の校長だった、アナグノス校長を紹介し、その校長の推薦で、サリヴァンはヘレンの家庭教師になった人。また三重苦のヘレンの苦しみを深く理解し長年支援したベル博士も、母親・妻が、視覚障害者であったため、目の見えない人が意志を伝える道具として、家庭への愛と工夫から電話を発明した人である。）と、小川に入り水をかけあいながら、物には名前があることを指文字で知りました。一つの言葉を知ったことで、知識が豊かになり、人と人との気持ちの伝わりあいが生まれたのです。

最近、私は、親と子での「分かちあう」ことを多くすることは、大切だとしみじみ思います。一緒につみ草に行くとか、役割分担をきめて、一緒に料理をつくることなど始めてはいかがでしょうか。そして、その中でうまくできたら、相手のよさをやわらかな心と言葉で認めてほめてあげると、人間関係はうまくいくと思います。

先生が、自分の話を熱心に聞いてくれる。自分の可能性を信じてくれる。自分が語る夢や希望に「そうね、すごくいいわね。」と共感してくれるのは子どもにとってこれほどうれしいことはありません。

子どもは、場面が変われば行動も変わるものですから、どんな子どもにでも、よく話を聞いてはき出させ、対応してあげることは、大切だと思っています。そして、純粋な心を打ち砕かないようにし、よい点はほめて、希望や意欲をもたせ、悪い事は悪いと指摘して、しっかり子どもに伝えてあげたいものです。

パスカルの言葉に

人間は考える葦《あし》である

と、いうものがあります。たしかに、人間は自然のなかで一番弱いものですが、しかし、考えることができ、あらゆるものから謙虚に学ぶことができます。ふれあいの中でこそ学びがあり、そして、対応しだいで子どもは、ものわかりいい子どもに変身するものです。

また、これからの教育は、先生と子どものあいだに共通したものが流れていなければならないと思います。

例えば、美しい絵や音楽を見たり聞いたりして、美しいと感ずること、よりレベルの高い、よりすばらしいものを求めようとする共通の心というものがなければならないし、これがないと、先生と子どもの間の指導以前の信頼関係が生まれないと思うのです。美しい風景に接して、先生も子どもも美しいと感じたとき、「いいなあ」「すばらしいなあ」といった共感がわき、会話が生まれると思います。

だから、先生は、どの生徒とも共感できるものを、たくさん体得しておかねばならないと思います。学問ばかりでなくあらゆるものを、そして、どの子どもとも対応できるものを準備しておく必要があると思います。この共通の基盤がないとき、指導は極めて困難だろうと思います。ですから、なにかのきっかけを作って、共感を持ちながら、子ども達に歩み寄り、あきらめずに対応していけば解決は早いと思います。とにかく、子どもの話をよく聞いて、自己主張させることが自己を見つめさせる事になり、また、子どもの心の深部にある自己を認めてもらいたい、生きがいを見つけ努力したいという願いを掘り起こし、励ましていくことが、自我を豊かに形成していくことだと考えます。

親も、先生も、子どもの内面の葛藤をしっかり見据えること、そして、自己を見つめさせることをさせなければならないと思います。

努力が幸福を運ぶ

人間は、遊びを通して人間らしさを学ぶといわれています。なぜなら遊びは子どもを熱中させます。そして、多くの友達や自然とのふれあいによって、社会性、感情、思考、言語、創造性などを効率よく育て上げてくれるからです。子どもに夢を語らせ心の中にある夢を引き出してやると、子どもは大きく成長します。

ですから、私は強く自然とのふれあいをすすめたいと思います。本物を見て、触れて、その価値を感じ取り、そして五感を通して知ることで、夢に早くたどりつけます。

現代のように、あくせくとした世の中でも、美しい自然を見つめ、考え、讃美しながら生活できたらすばらしいと思います。なぜなら人間は神秘的な自然に心が潤されるからです。美しい自然を眺めていると、自然が話しかけてきます。そして、いろいろなものとの出会いがはじまるからです。前向きな考えをもって歩む人のもとに、真の幸福が訪れます。

私は、文部省教員海外派遣団に加わり、アメリカ合衆国を視察した時、あの広大なコロラド川の浸食作用で生成されたという雄大で荘厳な美しいグランドキャニオン（大峡谷）を見つめつつ大自然の営みの計りしれない力（神秘）に心打たれる思いでした。

科学が進歩し、自然を征服するかのように考えられますが、自然の猛威の前になすすべもない人間の弱さを感じさせられました。今まで、夜が来て、朝が来ることなど、あたりまえのように、思っていましたが、外国にて、さんさんと輝く太陽が、一年三百六十五日、五時間四十八分、四十六秒で動いている営みに、また、自然の摂理の偉大さをしみじみと考えさせられました。昔から「人間の知識の根源は自然にあり。」などと言われますが、たしかに自然の営みに調和してこそ、人間生活が成り立つように考えられます。しかし、「自然との接触」を望みながら「学ぶことの必要」を通感しています。

たしかに、学ぶことは勉強も、仕事も、決して楽しいものではありません。しかし、その苦しさを乗り越えていくことが大切なのです。遊びたい、のんびりしたい、休みたい、眠りたい、などの誘惑は山のようにあるでしょう。しかし、それらにうち勝った時、はじめて努力が幸福を運んでくるのだと思います。

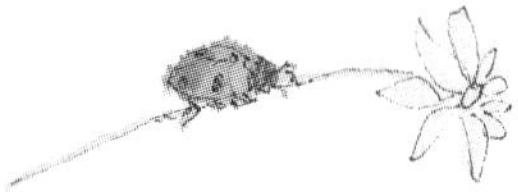

苦難はたいてい未来の幸福を意味し、それを準備してくれるものである。

カール・ヒルティー（哲学者）

寒さにふるえた者ほど太陽の暖かさを感じる。人生の悩みをくぐった者ほど生命の尊さを知る

ホイットマン（アメリカの詩人）

たしかに、苦難は、考えること、行動することができるようになるきっかけになり、自ら学ぶ姿勢を持つことができます。そして、人間の本当の幸福とは、その人、その人の心で味わう宝ものなのかもしれません。

母と子のふれあい

人間関係の基本は、「母と子のふれあい」にあると思っています。この母子関係が出発点になっていて、家族、兄弟、姉妹、友人、先生、自然、芸術、社会へと発展するのではないかと考えます。

生まれてからの育ての親の愛情が、人生の途上でぶつかるさまざまな場面で、心の杖となってささえてくれます。そして、親の温かい言葉は、人生の上り坂、下り坂、まさかの坂も歩んでいく事ができる力になります。その為には、小さい時から、母と子のふれあいを広げて行くために、まず、お母さんが感情を豊かにして、心の扉を開かなければなりません。小さい子どもは、なんでも、親に問いかけ知りたがります。

おかあさん教えて　フキノトウはいつごろ芽を出すの

それはね　ザクッザクッという霜柱の間からよ、まわりは紫の外とうでつつまれ　かわいい白い花をいっぱいつけているのよ

ヨモギはいつごろ芽を出すの

それはね　カサコソという枯草の間からよ　田んぼの畦の霜柱がとけて　ネコヤナギの芽がふくふくと芽を出すころよ

摘み草はいつごろするの

それは桃の節句のころよ　野山は一面枯れ野だけれど　あたたかい春の風が　音をたてないでやってくるころよ

春が音をたててやってくるころは

それは桜の花の咲くころよ　緑が日に日に濃くなって　田んぼの水はぬるみ小川に水が流れだすころよ

柏餅っていつつくるの

端午の節句につくるのよ　柏の葉の香りはいい香りだね　お風呂に入れてはちまきにした菖蒲の香りもね

タンポポは　いつごろ花咲くの

鯉のぼりが青空にひるがえるころよ　レンゲソウも土手をピンクにそめて　蝶が躍

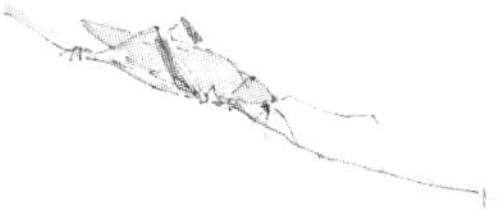

りだすころよ

梅の実はいつごろなるの

あじさいが七色に変化し　田んぼの稲がぐんぐ
ん伸びるときよ　夜はかえるの鳴き声が聞こえ
ホタルが何本もの光のすじをつけるころよ

トウモロコシは　いつごろできるの

雨の日が去り低い雲が北へゆっくり動きだして　真夏の太陽が　ジリッジリッと照
りつけるころよ

綿あめのような雲が見えるよ　あれなあーに

入道雲というのよ　晴れた日の午後に湧きあがるのよ
怪人になったりお人形になったり　空はお絵かき上手ね

赤トンボがとぶのはいつごろなの
澄みきった青空のころ　朝夕すっかり冷えて夜つゆが草をぬらしコスモスがやさしい花をつけ　ユラユラゆれるころよ

柿の実がまっかになるのはいつごろなの
夕日が長い影をおとし　十五夜の月がまんまるになり　遠くで祭りばやしのなるころよ

庭の木にとまる鳥の名はなんというの

泣きむしのヒヨドリとオナガのカケスよ　山で遊んでいた鳥が　野におりてきたんだよ

すずめはどうして　チュンチュンないているの

一人では淋しいので　みんなを呼んでいるのかな　それともお腹がすいて　田んぼに落ちている稲の穂をさがしているのかな

庭に咲いていた花は　今どうしているの

来年も花になるので　あったかい土の中で　おとなしく長い眠りについているんだよ

雪にかかった木の芽は寒くないの

かたいからで守っているからだいじょうぶよ　それにポカポカのお日さまの光で
雪はみんなとけてしまうのよ

など、子どもは問いかけてきます。世界で一番息が合うのは、お母さんなのです。ですから小さなことでも、めんどうがらず答えてやる事が、心の道しるべとなり、子どもの感性をめざめさせ、育てていくものと思います。

小さい芽のときに、温かくしてやれば、美しい心がまっすぐ育ち、どんな風雪にも耐えられるように育ちますが、芽ばえたときに寒さにあっては、美しい芽がかれてしまいます。ですから、子どもが伸ばした美しい夢を温め育てていきたいものです。

子どもにとってお母さんは、丸くて、いつも明るく、かがやいているお日さまなのです。そんなお母さんの胸にだかれ、大きな愛につつまれて育った子どもは、きっと、美しい心のもちぬしになるはずです。

そして、コミュニケーションから、感情や希望の「深い情念」を伝える文学の世界に接近するのです。自分の情念を歌に、俳句に詩に詠むという仕事が精神を磨くのです。

2　心を磨く

いい言葉のめぐりあい

心に響く言葉は一人で楽しむだけでなく、共に楽しみあうやりとりのなかで、心に響きあうものになっていきます。言葉の使い方次第では秘められている、すぐれた能力をはじめ、あらゆる望ましい資質を引き出すことが可能です。

また、人生にはかならず乗り越えなければならない苦難の道がありますが、それに対処するには、一つの方法として読書があり、読書は自分なりの思索をめぐらしつつ読めば、めざましい自己の成果が上がります。

特に、正確な意味内容を伝えるためには、崩れた言葉を立て直す必要があります。昔は、言葉の大切さを教え諭す人物がいました。

聖書の中に

（ヨハネ（洗礼者）による福音書）

「はじめに、言葉があった。

言葉は神とともにあった。言葉は神であった。
すべてのものは、これによってできた。
できたもののうち、ひとつとして、
これによらないものはなかった。」

と、書いてあります。昔は宗教が光を放つ生命力のある言葉の大切さを教えていたのです。リンカーンは自分の信念をどうすれば貫けるか聖書で学びました。

また、アンドリュー・カーネギーも聖書で生き方を学びました。たしかに言葉は考えをつくり、思考習慣を形づくる源です。言葉の力が脳を刺激し、自力で未来を切り開いていく力が宿っていきます。

今は、自分の意思を言葉によって伝える言語力が衰えています。正確な意味内容を伝えるためには、崩れた言葉を立て直す必要があります。現代はその宗教の力も衰退し、その上に情報化社会が人間を乾いた砂漠の砂のように、バラバラな存在に変えたのです。

言葉は、心の使いですから、秘められているすぐれた能力や資質を引き出すことも可能

です。ですから向上心がある人は、どこまでも自己を高め前進していくのが上手です。そして、言葉が考えをつくり、一つの言葉で人生が変わります。

第九五代野田佳彦総理大臣は、いい言葉にめぐりあえた人だと思います。なぜなら、

○汗まみれになって働くと言うどじょうの話
○夜の闇と冷たさに耐えて美しい花開く朝顔の話
○力を合わせて坂道をみんなで登る雪ダルマの話

など、心に響く言葉を自分なりに消化して国民に伝えたことが、人々の心を温め感動を与えました。

また、千葉県船橋駅前で、立会演説を二十五年間も続けた努力の人だからこそ、総理の道が開かれたのだと思います。

仏教の教えの中に、「念ずれば花開く」と、言う言葉がありますが、一生懸命やれば何事も道は開けると教えています。たしかに今の心と書いて念ずると書くのですから、今という時を大切に努力すれば、未来も開くのだと思います。また、聖書の教えの中の、「求めよ、さらば与えられん、尋ねよ、さらば見いださん、門をたたけさらば開かれん。」など読むと、勇気づけられ、真剣に求めれば与えられ、熱意を持って尋ねれば見いだすこと

ができ、そして、何事も努力で門をたたけば開くことができて、良い方向へ変えていくことができるのだと考えさせられます。難が有るときこそ、有り難うといい感謝の気持ちで歩めば、人生が好転していくのだと思います。

言葉は精神の母乳

子ども達に、いい言葉のめぐりあいを期待しています。いつまでも美しい言葉と感性を失わず、純粋でソフトな瞳を、持続して欲しいと思います。

聖書の中に、

「常に喜び、絶えず祈り、すべての事に感謝せよ。」

と、あります。何事にもすべて謙虚に前向きな思考を持ち、プラスの言葉を口ぐせにして生活していると、自然治癒力や免疫力が維持されるために、病気にかかりにくく、健康でいられるそうです。心と体は密接につながっていて、すばらしい働きをしているのかもしれません。

言葉には足がある
使った言葉はそのまま歩き出す
冷たい言葉は人を傷つけ悩ませる
温かい言葉は人を励まし幸せを呼ぶ
使った言葉は自分にそのまま戻ってくる
人は使った言葉どおりの人生を歩む
いい言葉で人生が変わる
いい言葉で子どもは伸びる

いい言葉は、与えられるものではなく努力して求めれば必ずめぐりあえるものです。そして、言葉が考えをつくり、人生を支配するようになります。忙しくてもあきらめず努力し追い求めれば運は近づいてくるものです。なぜなら、求める可能性は無限だからです。

アインシュタイン（物理学者）は、

学べば学ぶほど、自分が何も知らなかったことに気づく、気づけば気づくほど、また学びたくなる。

と、言っています。

どんなことがらも、学ぶ姿勢を常に持つようにすれば、学んだ分だけ、気づいた分だけ自分の財産になります。

特に、読書によって、誰でも知的な色彩感のある感覚の鋭いことばが豊富になります。言葉は精神の母乳ですから、豊かなことばがイメージ力を育てます。そして、形や色や行動がイメージとなり定着していきます。くり返しくり返し読むうち、その人の人格形成に影響をあたえるものです。心のやわらかい、すべてを吸収して、全身で成長しようと思っている子どもにとって、愛読書の果たす役割は大きいといえます。

しかし、反対にパソコン・ゲームに熱中している子どもは情報量は多くもっていても、それは機械によって画一化された血の通わぬものであって、人間らしいあたたかさや、みずみずしい感情を育てるには、マイナスの作用をしているのです。

これからは、手づくりの料理と同じ味をもった読書の楽しさをより多く味わい、愛読書をもつようにしないと機械の情報におし流されたままになってしまう恐れがあります。読書によって、感情や知性にみがきをかけ、歴史や、社会、自分と人生を鋭く見つめる目と心を育てたいものです。

特に、読み聞かせは両親で、子育ては親育ちだとよくいわれます。言葉教育の主役は母親ですから、子どもが自分で覚えたことばで話しかけてきたとき、たくさん受け答えをしてやることが大切です。

こころよいリズミカルなことばが、子どものしなやかな心に深くしみこんでいきます。そして、いつまでも、いつまでも、それがぬくもりとなって、子どもたちの心の中に生き続けます。ですから、毎日の生きたことばのやりとりを、大切にしたいものです。

望ましい親子の読書

言葉を育み伸ばすには、最初に絵本を読んでやることが大切です。絵本は親のことばの補助として位置づけられています。ゆったり向きあう時、心を寄せあう時、人と人が心を通わせる、そんなやさしい落ち着いた時があると、子どもは関係を深めていきます。

子どもが大人と心を通わせたくなるような生活のなかで、言葉は育っていきます。親に伝えたくなる楽しい体験、心を通わせたくなる関係を日々築いていきたいものです。そういう継続によって、親と自然を共有したいというコミニケーション要求が育ち、言葉を理解する力が早くなります。その力を伸ばすには読書が一番です。

読書は、教養の向上と共に、心の鏡であると思います。現在は、テレビの影響で読書の量が減少しています。テレビは画面を目を通して見るだけなので、人間に大切な思考力や潤いのある心が十分に育成されないと思います。

しかし、読書は目で文字を読む活動と同時に心も動きます。さらに考えながら読むようになるので思考力も育ちます。また読むことを通して潤いのある心も育ちます。

本を読むということは、自分のできない体験ができること、さらには、自分の気付かない問題を提起してくれるものです。しかも、それを生活の中で考え続けていくことが大切なことだと思います。

読書の手立てとして、

(1) 読んで聞かせる…興味をもたせる…ふれあい…感動体験

本選び

1、自分が感動した読みやすい本。

2、発達段階に合っていると思われる本。

3、語り口がよく、リズムがとりやすい本。

4、ストーリーが明快で、構成がしっかりしている本。

5、登場人物が少なく、人物の行動や心情がとらえやすい本。

6、情景描写が優れていて、イメージ化しやすい本。

(2) いっしょに読む

1、情感をこめて読むと読解力もできてくる。

2、ふれあいによって、新しい発見が生まれる。

3、本の世界の楽しさに気付かせる。

4、字を覚えさせたいとか、厚い本など預けるとよくない。

(3) 読んで話し合う

(4) 読書クイズ

1、本の題名をあてさせる。
2、主人公をあてさせる。
3、場所をあてさせる。
4、登場人物の数をあてさせる。
5、紙芝居。
6、読書感想画をかかせる。
読書による成果は、一年、二年と積み重なることによって、いきいきとしてき、脳細胞の働きが活発になるといわれています。

　このように、読書にはすばらしい力があります。特に、子どもは人と人との距離で近くにいる人から、最も強く心理的な影響を受けますから、身近な人が良書を読み聞かせ、また、毎日ほんの少しの時間でも一緒に読み、対話することは大切なことです。

　言葉は思いを伝えるものですから、相手の思いに耳を傾けながらやさしい言葉で語る、そんな姿勢が大人に求められます。お母さんが聞いてくれる、わかってくれると思うと、子どもは素敵な詩のような言葉を語ってくれます。そして、会話が多くなる度に、語彙が多くなり想像空間を広げ、感動することを教えてくれます。

人間は、言葉とともに人生を歩んでいきますから、読書は一生の財産になり成長していくことができます。
インドのヒンズー教の教えの中に、

心が変われば、態度が変わる。
態度が変われば、行動が変わる。
行動が変われば、習慣が変わる。
習慣が変われば、人格が変わる。
人格が変われば、運命が変わる。
運命が変われば、人生が変わる。

と、わかりやすく、幸せのヒントは、心を変えることだと教えています。

3　心を鍛える

働く意識を盛り上げる

身体の訓練をしない者は、身体を使う仕事を成しえないごとく、
精神の訓練をしない者は、また精神の仕事を行うことができない。

クセノフォン（歴史家）

心を鍛え、精神的に強くなる訓練をし、筋肉を鍛え、何度も繰り返し挑戦していくように述べています。たしかに、今の子ども達の欠けているものは、単刀直入にいえば「勉強、遊び」よりも「しごと」であると思います。昔は、家の掃除や、料理などの仕事を手伝いながら、色々なことを教えてもらいました。特に、「いただきます。」と「ごちそうさま。」と言う言葉です。「いただきます。」は、「あなたの命を私の命としていただきます。」と言う意味で、「ごちそうさま」は、大事な来客をもてなすために遠くまで食材を集めた人への感謝の言葉です。この二つの言葉を聞くと、「食べ物を粗末にしてはいけないよ。」と母に言われたことが今でも心に残っています。

また、父は、ある日色紙に『一期一会《いちごいちえ》』と、毛筆で書きながら、「これは、お茶の心得の中の千利休の言葉だが、『一期《いちご》』とは、一生、『一会《いちえ》』とは、一度の出会いで、人と人の出会いは、一度限りの大切なものだから、精一杯の誠意を尽くしていかなければいけない。と言う意味が含まれているんだよ。」と、教えられました。

そばにいる家族、友人、知人など、そばにいるのが当たり前の感覚になってしまって、不機嫌なコミュニケーションをとってしまいがちですが、身近な人とも、二度と会えないかもしれないぐらいの覚悟で、大切にその人に接しなければなりません。

今になって、祖母や、父母の教えの尊さをしみじみと感じます。

家族の会話の時間が、子どもの心をいきいきとさせ、思いやりの心は、家庭の会話から芽生えます。そして、幼い日の楽しい思い出は、その人の一生をゆたかにします。

これからは、親も教師も、ねばり強く、やって見せて、いって聞かせてやらせ、子どもを傷つけないものの言い方をして、相手の気持ちを読みながら、聞き上手になって、働く意識を盛り上げることだと思います。

まず、大切なことは「生活技術」を小さいうちからしつけることだと思います。

○子どものできる仕事の分担

○親の布団敷き
○下着、衣類は自分でとりかえる。（子どもタンス）
○ほしがるものを直ちに認めない。（子どもに負けない）
○後始末をきちんとするようにしているか。
○自分の体は自分で守るようにしつける。（体温計の計り方）
○金銭を大切に使うことのできるようにしつける。
などの心くばりは大事なことだと思います。
現代っ子の三大欠陥は、
1、集中力がないということです。何事にも熱中してやろうとせず、非常に飽き易い性格です。
2、持久力がないことが、その次だと、よく言われています。「根気がない」とか、「根性がない」といった意味です。
3、創造的思考力に欠けること。自分でよく考えて、「新しいことを発見したり、つくり出す力に欠けている」ということ。
これらは、親切さや過保護が生んだ結果かもしれません。もっと子どもを突きはなして、きびしく物事に対決させる指導やしつけが大切だと思います。特に、日常の五心である反省の心（すみません）、素直な心（はい）、謙譲の心（おかげさま）、奉仕の心（私がします）、感謝の心（ありがとう）など、そして、子ども一人ひとりの生活態度を見て、「よくやっているね」と、ほめ言葉を言って、子どもに意識させていく。親も、教師も、どんな声をかけるか、言葉をさがして、子どもの中に宿っている素晴らしい力、たからものを上手に引き出さなければならないと思います。親も教師も、子どもの力を引き出す力量・感性・工夫・努力が必要です。毎日の生活のきずなを大切にし、おろそかにしてはいけないと思います。

特に、魂をゆさぶる教育は、まず清掃からとも言われていますから、子ども達の働く意識を盛り上げ、努力させたいものです。

豊かな心がひらく

人間性豊かな子どもの育成ということが、今の教育で大事なことだとされています。人はだれでも、いろいろと考え、いくつかの考えをもち、こんなこと、あんなことをしてみたいという願望をもちます。そういうことを、意欲のあらわれともいいます。

自分から、こんなふうになりたい……とか、こんなふうにしたい……という気持ちが満たされた時、人間としての「生きがい」が感じられます。人間性豊かな子どもの育成とは、とりもなおさず、この生きがいを感じさせる教育だといわれています。

○今日は、昨日の続きのバスケットをやろう。

（それは、昨日のバスケットがおもしろかったからです。）

○もっと、よくしらべよう。

（それは、「先生に認められるような何か」があったからです。）

子どもの生きがいをつくりだす大人の知恵と熱意が、どれほど望まれることでしょうか。この子どもたちに心から希望を持ち、期待をかけています。大人が子どもたちの自由を大事にのばすところに創造性のもとが育ってくるのだと思うのです。

子どもの持って生まれた個性を見つけ、マイナス（悪口、文句、不平不満）の言葉を一切口にしないようにし、心から喜べることだけ言葉にしましょう。言葉は、人の心と心をつなぐコミュニケーションで希望と勇気を与えるものです。

○明るい性格だから、たくさんの友達がいるね。

○何事にも一生懸命にとりくんでいるね。

など、長所をのばして、人間としての生きがいを持つような生活ができるとしたらすばらしいと思うのです。子ども達の持って生まれた情緒を大事にして、豊かな感情や夢を、子ども達の心を傷つけないように育てることに専念していきたいと考えています。

何事も、プラス（うれしい、幸せ、感謝します）の言葉を使うと、その場の空気があかるくなり、みんなの心がやすらぎ、子ども自身も、プラス思考で考えるようになり、すべて自分で解決できるようになります。ほめ言葉は、すべて自分自身に返ってくるからです。だから、マイナス（悪口、文句、不平不満）の言葉を使うと、同じように自分自身に返ってきますから、言葉は選んで使いたいものです。仏教の教えの中に

かたよらない心、こだわらない心、とらわれない心

広く広く、もっと広く

と、言う言葉があります。やさしいようで、なかなか実行するのはむずかしいですが、少しでも、豊かな広い心の持ち主になるよう育てていきたいものです。

豊かなみずみずしい感情を育て、この大切な時期に自然の美しさ、大きさを感受させ、より人間味のある子どもにするには、何よりも共に暮らす大人の感情や態度が大きな影響力をもっています。

それには、まず大人が人間味豊かな対応を心がけてやらなければなりません。子どもたちをどう伸ばしていったらよいか、これは大人たちの大きな課題であると思います。誰にでも、惹かれるような、心の内側から輝くものがあるよう努力していきたいものです。

人間味豊かな美しい心や夢が、いつまでも、いつまでも消えず大きく広がっていきますように努力していきたいものです。

小林多喜二（作家）

「闇があるから光がある」そして闇から出てきた人こそ、一番本当に光のありがたさがわかるんだ。

たしかに苦しかった経験は必ず自分の大きな財産になるのだと思います。

精神（心）をきたえる

人は幸運の時は、偉大に見えるかもしれないが、真に向上するのは不運の時である。

シラー（劇作家）

たしかに、辛いことや、困難を克服して乗り越えた時は、成長できたと感じます。だから、どんな逆境にあっても、貪欲に学ぶ姿勢を常にもち、毎日、何かを学んでいきたいものです。

また、人間が物事を考えるとき、頭だけで考える考え方と、身体で考える考え方の二つがあるように思います。頭だけで考える人は、いつも不満をもっていることが多いと思います。たとえば、みんなで仕事をする場合でも、頭だけで考える人は、指図だけして、自分で仕事を引き受けようとはしないから、実際仕事をしている仲間の欠点や、無能ばかりが目について、いろいろ批判をしたくなるのです。それでは、仲間にかわって自分が仕事をすればいいのに、それだけの自信もなく、そんな仕事は、バカラシイ、とさえ言うのです。

　身体で考えるということは、自分が実行する。自分の経験からのべるということです。仲間と同じレベルで考えるから、実行にあたって、仲間の仕事がうまくいっていないときに、批判ではなく、具体的なアドバイスや、手助けができるのです。そして、なしとげた仕事は、みんなでやった仕事で、みんなで喜びあい、相互に信頼関係が増すのです。よき仲間とはこのことであり、みんなの幸福が、即ち、自分の幸福につながるのです。

　私達は、身体で考えられる、つまり、相手の立場に立った考え方のできる人間になりたいと思います。自分が実行していることと、他の人がやっていることを比較するならよいのですが、自分が考えていることと、他人がやっていることを比較して、相手を軽蔑するようになったら、注意信号と思わざるを得ませんね。ひとりよがりの人間とは、頭だけで考える人間のことだと思います。


　最近、私達女性の中にも、自分さえよければという考え方が、だんだん広がってきています。人間の心は、必ず行動にあらわれるものです。自己中心的な行動は、まわりの人の不信をかい、結局は、自分が孤立してゆくのです。

　他人への思いやり（愛情）を忘れず、人としての道（真実）を誤らず、自己の責任を果たしてゆくことを学ぶことが、若い女性には特に大切なことだと思います。外見だけの勉強でなく心の勉強が、私達には、これからもっと必要になるでしょう。

最近思うのですが、ほめられた人より、ほめている人のほうが、美しくきれいに見えます。いろいろなものに愛を持って生き、自分以外の何かのために考えや、行動を起こすことができる人になりたいものです。

そして、常にこころの受信機を備えて、結婚披露宴の時の灯のついたキャンドルになって、まだ灯のついていないキャンドルに灯をともしていく、そうして、一人一人の心が明るくなっていく、そんな人になれたら、どんなにすばらしいことでしょう。

4

心がひらく

美しいものを心の鏡に映そう

お母さん、あなたのお子様に、美しいもの清らかなものを、たくさん味わわせてあげてください。人の心というものは、よく考えてみれば、他人はもちろんのこと、自分にもわからないものだと思います。全くわからないのではなく、ある程度はわかるといったほうが正しいのかも知れません。

たとえば、心のやさしい人、心のきれいな人、まごころのある人などと、私達は他人を評していいますね。又、自分でも自分のことを、そんなふうに思ったりもします。しかし、その人を、ある人は冷たい人というかもしれないし、ただふつうの人と評するかもしれません。誰もが、あいつは臆病で弱虫だといっているのに、そして自分でもそう思っているのに、ものすごい勇気ある行動をする人を私は知っています。あとでそれを思い出して、本人はもちろん、まわりの人もびっくりするわけです。

満月の夜のお月さまは、誰が見ていなくてもまるく輝いているし、私たちが深い眠りについているときでも明るく世界を照らしています。そして、まんまるのお月様は誰がみてもまんまるです。

でも、心はお月さまとだいぶ違うようですね。まわりには何にもないのに、心だけが光り輝くなんてことはありません。むしろ逆で何かが心に入りこむと、猛然と反応するのが心です。たとえば、弱虫で、意気地なしのあなたが道端を歩いていたとします。むこうから保育園帰りの幼児がふざけながらかけてきました。そして、誤って、あなたの目の前で、小川の深みに落ちたのです。さあ、あなたはどんな行動をとるでしょう。

きっと、あなたは着の身着のまま飛び込んで救いあげ、近所の人を呼び、救急車を手配し親を探すでしょう。ひょっとしたら、自分も深みにはいって死んでしまう危険をおかしてまで、あなたはすごい勇気ある行動をするでしょう。ふだんは、自分にこんな勇気があるなどと全く自覚していないのに、子どもが助けてと言ったわけではないのに、子どもが小川に落ちるのを見るやいなや、自分が助けなければという強い意志と、行動力があなたの心に湧いてきます。いや、湧いてくるのではなく、もともと心の中に備わっていた強い意志や行動力が頭をもたげてくるのです。

もし、あなたがこのような場面に出会わなかったら、自分の勇気を、自分も他人も知らないまま、一生を過ごしていったことでしょう。ずーっと弱虫で、意気地なしのまま。同じように、美というものをいつも意識した生活をしているわけではないのに、高山で夕暮を迎えるときなど、雲海をあかね色にそめて沈みゆく太陽を見ていると、思わずその美しさに魂のゆさぶられるのを感じます。そしてその美しさが後々まで心に焼きついて、また山に登ろうという意欲が湧き上がり、大自然の感動を再び味わうために、写真や絵にも美を求めるようになります。

夏の昼下がり、縁側でうたたねをしていたときに、響いてくる風鈴の音にも、感動は湧き上がり、短歌を知った人は、その感情が歌に姿を変えるでしょう。

また、最初は気が進まず、友人にさそわれてしかたなしに行った音楽会で、ベートーベンの田園交響曲を聴き、すっかりクラシックに魅せられ、ＣＤを集め、音楽会に逆に友人をさそうような人達を私は何人も知っています。

人間の心には、より高いもの、より美しいもの、より清らかなもの、より優れているものを求める本性がかくされているようです。どんな人間でも、人の心はもともと清らかで美しいものなのですね。でも悲しいことに、目の前で子どもが溺れなければ、勇気は自覚されないし、美しい風景を見たことがなければ、美しい風景を求める気持ちも起こらず、美しい絵を求める気持ちも湧いてこないのです。美しい音楽で感動したことがなければ、美しい音を求めようとする気持ちは起きないのです。

人間の心を清らかで、豊かなものにするためには、「清らかな心になりなさい」という言葉でなく、清らかな絵を、音楽を、お話を、そして、清らかな体験を自分ですることが何より大切なことなのです。

過ぎゆく月日を宝のように大事にして、瞬間瞬間を心にきざみながら、一度きりの人生を全うしていきたいものです。

自然とのふれあい

昔の子ども達は、山や野原を歩き回って、ユリやりんどうの花などを見つけ、自然と触れあい生活していたような気がします。日常生活の中でも、人に何かをしてもらうと「ありがとう。」といい明るい未来に希望を託して、内側からの輝くオーラが表れていたような気がします。

しかし、今は試験地獄の谷間に子ども達は追いやられ、自然との接触など失われようとしています。特に、物質的な繁栄の裏側では遊びが急変化し、情熱や生甲斐の喪失が目立ち、無関心、無感動、無責任の三無主義が氾濫し、恐るべき精神（心）の荒廃が進行しています。昔と今を比べると進学率も高いのに、なぜ自殺、非行、おちこぼれ、その他多くの事件が多いのだろうか？　教育という言葉に何となく疑問をいだくこの頃です。子ども達にとって本当に生きる為の教育とは何か、わからなくなってきているような気がします。物が豊富な為、与えられる物の過剰により、自分の力で生きるという基礎的な人間の力が衰弱しているのだと思います。もう少し真剣に自分自身の生き方を見つめ、全身でぶつかる生き方ができるよう頑張ってもらいたいと思います。

なぜ生きるのか？　それは「人々の役にたつため、そして生きているそのことが、何にも代えられない尊いものであること。」をよく考えてほしいと思います。そして、私は強く自然とのふれあいをすすめたいのです。いくら現代のようにあくせくとした世の中でも、同じ時間を生きる者として、一日に数分でもよいから、美しい自然を見つめ、考え、讃美しながら生活できたらすばらしいと思います。自然を尊重して、しなやかに生きてほしいと思います。子どもの内面を育む生活とは、人間の自然を大切にした生活ではないでしょうか。

なぜなら、人間は神秘な自然に心が潤されるからです。はかり知れない力を秘めた自然は、いつも巧みに私たちに数々の恩恵をもたらしてくれます。

雪の中にみえる生の萌の春から、野が緑に花にうもれる燃えいずる春へ、そして、ギラギラと照りつける熱と光、黒々とした緑、激しい雨、大自然のすべてが最高度に自己を発揮する夏。秋、凋落というのではない。紅葉は自分の意志で真紅に燃えます。青く透き通った空に舞うその姿には、みじんの濁りもありません。木枯しが吹き霜がおりても、大木の幹や枝は天に伸び、襲い来る寒波を迎えうつ冬など、移りゆく自然の景色にふれると、五感がみがかれ感受性が豊かになります。そして、耳を澄ますと、花や、鳥や、草木も命の音がします。人間も、みんな自然の分身で生かされているのです。

これからも、花、鳥、木、星、月、太陽、そして心魅かれる美しいもの等との対話をしながら、雲の上に夢をのせている空のように美しい夢を描きながら、地球の鼓動に呼吸を合わせて、美しく時を刻んでいきたいと思っています。

自然は最大の味方

今はなんでもそろっていて季節感がない時代です。昔の人はどうして季節を感じたのでしょうか？

万葉集の短歌の中に、

雁がねの初声聞きて咲き出たる
　屋前（やど）の秋萩見に来（こ）わが背子（せこ）
　　　　　　　　　　　　（作者未詳）

があります。この意味は秋になると、雁が飛んで来て、最初に鳴く声を萩の花が聞いたものだから咲き出したということで、萩にも、耳があると昔の人は考えていました。植物は耳がないと誰も考えがちですが、実は、植物は耳がないとは思っていないのです。

例えば、私の家のハナミズキの花が咲かないので、切ってしまおうと口に出し、しばらくそのままにしておいたら、いつのまにか、花を咲かせたので驚いてしまいました。

また、ある日祖母が同じサボテンの鉢を二つ買ってきました。これをまったく同じ場所に置き、一つのサボテンには、「きれいな花をたくさん咲かせて」と言い、もう一つのサボテンには、「咲かなくてもよい。」といってそれを観察してみますと、「きれいな花をたくさん咲かせて。」と言ったサボテンの花は、目の前で陽光をあびながらきれいな花を咲かせたのです。

祖母は、静かに「植物も人間と同じように声をかけながら育てるとよく育つのだよ、言葉には言霊（ことだま）という不思議な霊力が宿っているんだよ。」と、教えられました。

また、最近、友人の家でたくさん実のついているゆずをいただいた時の話です。

「このゆずは四十年間、一つの実もならなかったので、母親が、ゆずを買って来て刺に差し、ゆずの木に手を合わせて、どうか実をつけて下さい。と祈ったそうです。そうしたら、次の年見事に実をつけたので、家族中で驚いてしまったのです。」

その話を聞いて、自然界と人間のいとなみ、又、プラスとマイナスの成立、そのふしぎさ、そのからくりに感動しました。そして、自然全体がいのちを持っている事を、しみじみと感じさせられました。

自然界では、植物すべて命をかけて生きている事を、子ども達に理解させ、自然との共生、いのちの大切さを小さいころから両親が子ども達とスキンシップを重ねながら教えて行くことが、親子の絆を深めていく大切なことだと思っています。そして、子どもの持つ潜在能力を、親や教師が引き出しうまく伸ばすのが大事です。

特に健康は、自然の恵みと自然の働きに人の努力が加わって創られるものです。自然の食物を口に運ぶのは人の努力であり、食べた物を血や肉や骨に変えるのは、自然（生命）の働きです。

どんなに健康になりたいと願っても、自然を無視し、自然に逆らった生活をしていては無理なことです。生命を守り、生かしてくれる最大の味方は、自然であることを忘れてはならないと思います。

健康の五大原則
1、正食→玄米自然食、よくかむ。
2、節制→節酒、節煙、少食主義（必要以上に摂取しない。）。

3、鍛練↓冷水摩擦、乾布摩擦、適度の運動等。体を動かす。
4、休養↓疲労に対し休養は薬。内臓は断食減食により休養。
5、精神↓感謝の心。親切の心。明るい心でストレス解消。

健康の五大原則の価値を感じ取り、知ることで早く健康にたどりつける事ができます。自然は最大の味方であり、自然の大切さ尊さを知ることによって、人間は純粋さや、神聖さを知ることができます。また、人間は、プラスの言葉（うれしい・幸せ・感謝します。）によって明るくなったり、マイナスの言葉（悪口、文句、不平不満）などでストレスになり、病気になったりする人もいます。

たしかに叶《かなう》という字は、プラスの言葉をいうと、叶という文字になりますが、そこに、マイナスの言葉を一回でもいうと、吐《はく》という字になります。

毎日、プラス志向で生活することは健康の秘訣だと思います。

また、現代人は体温が低いために、いろいろな病気がふえています。誰でも冷たい言葉をかけられるより、温かい言葉をかけられた方がうれしいと感じると同様に、体も冷やすより温めた方がよいのです。温かいきれいな血液は、健康細胞をつくり、冷たい汚れた血液は、病変細胞、奇形細胞、癌細胞をつくると言われています。体温と体の状態は、三七度Cは健康な赤ちゃん、三六・五度Cは健康な人の体温で、三五・五度Cは酸素の働き五〇％低下し、免疫力も三七％低下して慢性疲労、アレルギー、生活習慣病、排泄障害、自律神経失調症、肥満が多いと言われています。三五度Cは、癌細胞が最も活発になる体温で、三四度Cは生死の境だそうです。

また、発育不良の原因は、イビキ、鼻炎、便秘で、特に、最近は低体温の子ども、目の悪いアレルギー体質の子どもが増えているそうです。西洋医学では、薬で抑える、楽にする対処療法、悪い部分を手術で取る方法ですが、東洋医学では、全身の治癒力を高めて健康体に治すという方法をとっています。

私も体験してみましたが、たしかに体を温めると、効果の現れとして眠気、だるさ、疲れ、かゆみ、痛み、あくび、目やに、汗、便など出ます。

排毒のしくみは、食事の後、六時間後、汗、呼気一〇％、尿二〇％、便が七〇％が標準だそうです。そして、体を温めると、免疫力があがり、白血球がふえ病気が改善されるそうです。

私は、自分の健康法として、スクワット（上半身を垂直に伸ばしたまま行う、膝（ひざ）

の屈伸運動）をして、第二の心臓と言われるふくらはぎを鍛えています。年をとって病気になり、二日間ねこむと一年間の筋肉が衰えてしまうと言われています。筋肉をつけることが予防にもつながります。私の友人は両足両手を上にあげる運動を、朝昼晩やって血流をよくしています。もう一人の友人は味噌汁の中に生姜をすり、小さじ一杯入れて食べているので、体が温かく風邪はひかないそうです。また高かったコレステロールもさがったそうです。たしかに生姜は体を温め血行をよくします。また、これからは栄養のバランスを考え食材の選び方も重要です。食材は、マメ、ゴマ、ワカメ、ヤサイ、サカナ、シイタケ、イモ等の頭文字をとって「孫はやさしい」と覚えて取るとわかりやすいと思います。また酢は血液をきれいにして疲労回復すると言われています。

このようなことを続けていけば、健康を維持し、長寿につながると思います。健康で働けることは本当に幸せだと思います。

一方、真の幸せとは何かを考えさせることが、テレビで放映されました。障害者雇用についてでした。

日本理化学工業の大山康弘氏は、積極的に障害者雇用に取り組んで現在では、社員の七割が障害者です。当初、知的障害者を何人か受け入れていたが、このまま雇用を続けていいのかという迷いがあったそうです。

ある時、禅寺のお坊さんから、「人間の究極の幸せは、一つは、人に愛されること、二つは、人にほめられること、三つは、人の役に立つこと。そして最後に人から必要とされることの四つです。愛されること以外は、働いてこそ得られます」と教えられ、それで気づき積極的に障害者の雇用を進めたそうです。

また、仏教の言葉の無財の七施は（やさしい目をする、やわらかい顔をする、思いやりのある親切な言葉を使う、真心のこもった奉仕をする、感謝の心を持つ、席を譲り合う、気持の良いもてなしをする）お金や物がなくても他人の為に施すことのできるもののことです。人に対する思いやり、優しさに溢れた言葉です。

いい言葉（言霊）を求めながら、この世の終りまで、身心共に健康で、大自然と共生し、お手本としながら、与えられた魂が、のびのびと成長していくように、努力して歩んでいきたいものです。

5 心の表現

小学生の俳句

人間は美しい花を見れば、心に感動が湧きあがり、またけなげな行動には魂がゆすぶられ、温かい人に心ひかれます。

春になって草の芽が伸びるように、子どもの美しい心も、温められて、はじめて伸びることができるのです。

子ども達に、小さいものでも、大きいものでも、どんなものでもいいから、いつでも夢を追い求めて生きて行ってもらいたいと思います。今は昔と比べると夢の無い子どもと、夢を聞いてあげない親が増えているような気がします。

昔は、祖父母や、両親が、「大きい夢を持って頑張れば必ず夢は実現する。」「将来の夢を持って生きろよ、諦めなければ夢は叶うんだよ。」「自分の夢をずっと思い続けるんだよ、そうすれば夢は近づいてくるんだよ。」と、子どもに夢を持たせつ、ねばり強く語っていたような気がします。そうすることによって、子どもの眠っていた能力が一気に、勉強やスポーツに発揮されたような気がします。

「親が変われば子どもも変わる。」のです。勉強も、スポーツも、仕事も楽しいと明るい希望に満ちた笑顔の子ども達が増えれば、世の中も明るく、元気に、平和になれるのだと思います。

感動をゆめ（努）ゆめ（努）忘れることなかれと使うときには、努力の「努」を二つ重ねて使います。そういうことを考えると、夢は努力によって実現される、達成されるということだと思います。夢は力なのです。

私が赴任した水海道（現在常総）市立五箇小学校は、全国で初めて、校舎から独立した形の学校図書館を、平成二年に設置しました。児童図書三、〇〇〇冊と一般図書二、〇〇〇冊を所蔵。この本を多く利用することを年間計画の教科などに位置づけ、①読書指導、②資料活用の指導、③教科における図書館利用のあり方を追究してきました。

そして研究主題は、「一人一人の児童が課題を自分のものとしてとらえ解決していく学習指導のあり方」と設定して研究を進めて参りました。

特に読書への関心を高めるために、教科や特別活動などと関連づけた図書館教育を進めてきました。国語の読み聞かせを中心とした実践は読書率を急増させ、一人一年三〇冊以上に増え、中には、一人で一六〇冊以上も読む児童がいるなど、教科との関連は一定の成果をあげました。

中でも、「語り聞かせ」は、教師による教科書のねらいに即した物語文の発掘と、聞かせる際の演出力で、子どもが興味を持ちます。

読み聞かせは、紙芝居のように行いますが、語り聞かせは、担任教師が物語自体を暗記し、絵のない状態で聞かせます。その際も、音楽や小物で雰囲気づくりをして内容にせまります。

特定の場面を絵で見せるのでなく、一人ひとりが創造の中で場面を描く訓練を養いました。

たとえば、二年生の「つるのよめさま」という民話を使った授業では、導入段階で「日本むかし話」の歌をうたって児童の関心を引き、雪国の話であるから、火ばちを囲みバックミュージックを流し、ムードづくりをし、教師がムードのある口調で、十五分程の内容を語って聞かせ、このあと、必ず、思ったことを発表させたり、感動した場面を絵に描かせる、そして、授業の最後には、似たような民話を紹介し図書との関連を持たせています。

また、国語以外でも社会科の「調べ学習」での図書館の活用や、毎朝十五分間の「読書の時間」の利用、特に、児童の図書委員会が昼休みに行う読み聞かせなど、学校活動全体での活動は活発になりました。
何事にも、熱心な先生方が、子どもが覚えた言葉を使って遊び、受け答えをしているうちに、こころよいリズミカルな言葉が、子どものしなやかな心に深くしみこんできて、目に見えるものと、人の持つ感情を一緒によみこむ俳句がほとばしるようにうまれました。コミュニケーションから、感情や希望の「深い情念」を伝える文学の世界に近づくことができました。
俳句はことばの魂です。そして、ひとりひとりの心へいつまでも、いつまでも、こだまのように伝えます。

少し子ども達の俳句を紹介します。

「わたしの手ぶどうの色になっちゃった」という関直美さんの俳句は、自分の手が葡萄色に染まったことに対する驚きを謳ったものです。その次の俳句は関治美さんの「満月に太った犬と散歩する」は、太った犬と満月の曖昧な関係が、この俳句の狙いで、俳句を読んだ人のほほえみを予定している所があります。自分が太った犬を連れて散歩に出掛けた。

その状況を見ている第三者の感情を想像するという複雑な構造を持った句です。小学生は自分の経験を読むということに意味を見出しています。

たい風が風ののりまき作ってる　中川矢恵子

いなごがねぴょんぴょんとんで旅に出る　大山　幹夫

あさがおがドレスひろげてきれいだな　広瀬　直美

わたしの手ぶどうの色になっちゃった　関　直美

満月に太った犬と散歩する　関　治美

水平にみな水平に赤とんぼ　広瀬　健司

夕やけに色借りているすすきかな　沼尻　竜

押入れにふうりんの音かたづける　矢島　亜紀

夕月をぼくの家まで連れて来た　柴　有通志

満月をバケツの水にとって見る　飯野　正人

顔を出し赤や黄の山せいくらべ　石川奈保子

紅葉をやさしく包むきりの服　大和田祐子

きりの中赤い葉っぱがおどっている　石川　陽子

紅葉が笑顔とともにふえていく
もみじの葉湖の上泳いでる
紅葉がみんなのことを包んでる
もみじの葉ぼくのおともとなりにけり
紅葉がきりのおしろいつけている
かえでの葉五本の指で秋つかむ
落ち葉落ち魚の背中船になる

大塚　祐子
飯村　礼男
菊田　朋宏
大和田隆太
曽田　彩子
石川　正樹
吉原　貴子
飯野　正人

けしょうして男体山が赤黄色

紅葉は自然がつくる絵の具かな

田谷　純子

ある日、ＮＨＫから投稿した俳句について学校に問い合わせの電話がありました。「子ども達の作品が、特選、秀作、入選が多くすばらしい作品です。どのようにして指導しているのですか?」と言うお話でした。

「読書によって、子ども達は五感が発達しています。特に、本校では、独立した学校図書館があり、学校だけでなく家庭との連携等も考慮し読書の習慣化を図っています。低学年では、「本は楽しいことが一杯つまっているんだな。」という魅力、高学年では役に立つという経験、心うたれる実態など本への親近感を持たせるようなことを念頭に置き指導しています。

また、日課時程の中に読書の時間を位置づけ、毎朝十五分間の全校一斉読書タイムを実施しています。この時間は、教師も児童も読書に親しむ時間で、低学年では読み聞かせや、紙芝居も取り入れて実践しています。そして、図書委員会が中心になって、「よむよむ読

書集会」と名付けた全校読書集会も実施しています。」と、応えると、

「なるほどね、よくわかりました。」と、感嘆していました。

それから、まもなく、NHK学園俳句大会（ジュニア部）で特選、秀作、入選が多く、学校奨励賞の楯と感謝状を受賞しました。

続けて、茨城県読書振興大会にて、読書推進運動協議会長を受賞しました。

最後に財団法人才能開発教育研究財団より、第三九回、才能開発実践教育賞をいただきました。その研究成果を県西校長会で発表し、重い責任を果すことができました。

読書によって、子ども達は、知的な色彩感のある感覚の鋭いことばが豊富になりました。語彙が豊かになったせいか、思いやりの心が育ち、俳句、作文、感想文など入選者が多くなりました。

これからも、大いに読書に親しみ、美しいものを心の鏡に映しながら、一瞬一瞬を大切に、ほんのひとしずくほどの小さな事でも、喜べる感性をみがいていってほしいと願っています。

研究発表が終った翌日、教育に熱心な市長が、学校図書館運営について視察にこられました。今までの運営成果を説明し、図書館のお陰で学力も向上し、心も豊かに成長したこ

と、そして、学校の実績と共に、ＰＴＡ活動も盛んになり、校庭の環境も整い花の美しい学校によみがえったこと、特に、土、日曜日も図書館を開放しているので、これからは父母の会や、サークルを多く作り、生涯学習にも対応できる施設になることをお話しし、要望として、市立図書館から遠い小学校にもう一ヶ所学校図書館を建設して欲しいことをお話しすると、早速、市議会にかけて話が可決し、建設がきまり建てられることになりました。

多くの子ども達が、たくさん本を愛読し、ゆたかな夢を生み育てながら、考えることが豊かになり、感じることが多くなり、語りあうことばが美しくひびくようになったら、どんなにすばらしいことでしょう。

中学生の俳句と短歌と詩

中学生の俳句や短歌には、自分の周辺の人が読み込まれて来ます。塚田稲子さんは、「母の日にあげるいちごの初ちぎり」という俳句を読んでいます。母にあげるいちごを初めて収穫した、いちごの摘み取りの感慨を読んでいます。小田部安男さんは、「麦を踏む母の額に光る汗」という俳句を読んでいます。小田部に嫁して毎年麦踏みをして何十年という年月の母の人生は幸福だったのであろうか、母に対する意識は母の人生に拡大深化するのです。桜井治美さんは、「冬の日々冷たき水を使いつつ働きいます父母の姿よ」という短歌を読んでいます。自分も手伝ってやりたい気持ちになり落着かぬ気分になる一瞬です。

このように俳句、短歌が自分の行動を謳う詩であったものが、父母や第三者の姿を読んで、自分の内心の動きを捉えようとしているのです。これが心を磨くことになるのです。

人生の一時期のひとりひとりの心の世界を表現し創作していくと語る力が豊かになるから、一歩一歩練習努力し、自分の年齢にふさわしい生活と感情と思想を入れて創作していってほしいと思います。

目に見えるものと、人の持つ感情を一緒によみこむ韻文は、ことばの魂です。人の世が続くかぎりことばは不滅で、いつまでも、人の心に響き伝えます。

インスピレーションが湧けばすぐ、自然発生的に言葉を組み立てる作業にうつす習慣が大切だと思います。善くても悪くても、自分の心の内部を偽らないことです。

技法が内容を決めません。内容が技法を決めるのです。純粋な感覚が作品全体を清らかにします。同時に冷静な感情が作品の質を確かなものにします。そしてとぎすまされた心の中で、濾過されてできた言葉が作品の次元を高めます。失敗をおそれず、果敢に書いてみることが必要です。迎合せずに、心にほとばしるものを、うつしてみることです、そこから開眼するものがあるはずです。
自分の情念を歌に読むという仕事こそが精神を磨くのです。

俳句と短歌を紹介します。

母の日にあげるいちごの初ちぎり　塚田　稲子

雨あがり空に広がる虹のはし　幸田美也子

そよ風に波うちなびく麦畑　伊沢　一美

庭のすみいつのまにやらふきのとう　松崎　成子

川岸にならんでゆれるあざみかな

ほのじろく夜の山路を照らす月

雨風や寒さに負けぬ松と杉

赤色のもみじの落ちる並木道

もみじの葉岸のほとりに舞い落ちる

夕ぐれの庭先かざるハゲイトウ

雪とけてほんのり開く梅の花

広瀬百合子

中山　晴美

篠崎　明

松本　秩子

角田　久子

広瀬　栄子

森　秀明

柴　百合子

朝露に光って見えるくもの糸　大塚　和浩

川岸にそっと芽を出すふきのとう　広瀬　道彦

雨あがり小枝の青葉光りつつ　富岡喜美子

紅梅の花に色そうあられ雪　木村　寛

雪どけにほんのり匂う梅の花　鈴木　登夫

秋の日の夕日をあびて飛ぶかもめ　横倉　浩二

水鏡うつる姿は冬化粧

麦をふむ母の額に光る汗　小田部安男

雨やみて筑波の山に虹の橋　篠崎ゆり子

母さんの味がしみたるおみそしる　永瀬とみ子

なしの枝霜の地面に長い影　関　文子

朝風にほんのり匂う百合の花　宮山　昌之

雲の上に高くそびえる富士の山　大野　幸男

水面にほんのりうつるおぼろ月　松崎　潔

朝霧にかすんで見える富士の山　栗野　久

　横瀬　利夫

夕空にかがやきそめる赤とんぼ　斉藤　一啓

春風に波うちゆらぐ麦畑　金子　光代

せせらぎの流れに落ちる木の葉かな　倉持　則子

春雨にぬれてさえゆく桜花　大畑　幸子

あかあかと夕日に照らされかえり来てわが家の灯に心がはずむ　岩瀬　弘行

なごやかに線香花火燃え盛りかすかにおいてただよう煙　渡辺　和子

冬の夜の寒い小部屋にひとりいて時計の音は心ふるわす　上野　通哉

梅の花の香りあたりにただよいてうぐいすの声しきりに聞ゆ

寒空に近づく家路ともしびに足もと軽く心やすまる　塚田ます美

つゆ降りて外で遊べぬかなしさにまどべでわれは雨を見ている　滝田　京子

もくせいの香りただよう朝の道ペダル踏みつつ校舎に向う　田崎久美子

手にもった金もくせいの花の香が風とまじって鼻をくすぐる　田崎　典子

光さすシクラメンの花赤々とほのかに匂う教室の中　谷貝　和子

冬の朝枯れ葉あつめてたき火する人の顔見ゆ燃える炎に　渡辺　和子

雨あがり遠く立ちたる虹の橋眺めてわれら家路にいそぐ　野寺　高史

荒木　早苗

太陽の光は木々をやきつけて野は一面に緑のほのお
苅部　晴夫

筑波より吹きおろす風あたたかくすみれの花もひらきつつあり
筒井　理恵

雨音に目ざめて肌につめたさを感じる今宵雪にかわらん
和田さち子

ゆらゆらと影ろうゆれる夏の午後歯をくいしばりグランドかける
小幡　恵子

朝もやはあたり一面ひろがりて木々の葉っぱにしずくが一つ
大畑　幸子

風がゆきそれをおいかけ雲がゆきどこまでつづく空の旅かな
生井　春美

せせらぎを流れつつゆく木の葉っぱ真珠の如く光放てり
菊地かおり

朝光にかがやき匂ふすずらんの葉むらにたまる露の美し

曇りの日の教室に明るしシクラメン心なごみぬテスト終りて　津田　雅教

田んぼ道淡い色したれんげ草風もないのにゆれつつやまず　生井　伸美

筆をもつ幼な子の手は小さくてかくもの全て幻想の中　宮田　恵子

冬の日々冷たき水を使いつつ働きいます父母の姿よ　桜井　治美

夕ぐれにたわむれ遊ぶ子どもらの元気な声が部屋まで響く　生井　春美

西の空夕焼はあかく広がって足どり軽く家路にいそぐ　池田　入江

空曇り学校へ急ぐ朝の道耳たぶ寒し指先痛し　小島　弘幸

照内　一志

身に迫る今朝の寒さをふりきって家をいできぬはくいき白し　渡辺　和子

社会科の年表見つつ人類の歩み長きをわれはおどろく　山本　裕子

はるかなる歴史の中の大ロマン読みつつわれは心ときめく　竹澤百合子

車窓より写りし村の景色にも昔の家のかげうすれ行く

心にうかんでくる感動を心にうかぶままに、自分のことばで書いてみることが大切だと思います。

自分の意志、考えをことばにうつしかえる。そして、音声化するという作業は脳の組織の中で行なわれるわけですが、この作業を繰り返す事によって、脳が成長していくといわれています。

とにかく、書くことによって、いろいろなものが囁きかけ、生の深さや、いのちへのいたわりの大切さなど知ることができるからです。これはひそかな新しいエネルギーが、どこかで湧いているからでしょうか?

いろいろの苦しみ、悲しみ、喜び、嬉しさなどもうたを書きとどめることによって、自分の心を支えることもできますし、また、広い視野を見つめつつ生きる日のしるしをかきとどめることは大切なことだと思います。

ですから、子ども達がことばを充分に使える環境をつくってあげて欲しいと思います。それは、大人たちがよい聞き手、よい質問者になることなのです。

生の訴えは生活のエネルギーでもあるから、ある人生の過程を教えられたり、考えさせられたりもします。

とかく枝葉ばかりに気をとられ、根元への水かけ、肥料の注入、土壌のたがやしを忘れてはなりません。子ども自身の力で脱線することなく走れるよう、大人の力で、すばらしいエネルギーをもたせることが最大のプレゼントではないでしょうか?

やがて鉢植えから地植えとなって、風雨にさらされても、たくましく育つような苗木を作りあげたいものです。創作活動が生きる喜びや、情熱の支えとなってくれたらどんなにすばらしいことでしょう。

中学生の詩を紹介します。

詩は人間の感動をうたいあげたものであり、心の表現です。

子どもでもなく、また、大人でもない中学生の心のひだに触れてみると、子どもたちは生の意味を純粋に問い、そのよりどころを真面目に求めていることがよくわかります。

短いことばに高鳴る感動がこめられていて、そのリズムが心を強くとらえます。

私は、大人が子どもたちの自由を大事にのばすところに創造性のもとが育ってくるのだと思うのです。

子どものもって生まれた個性を見つけ、長所をのばして人間としての生きがいを持つような生活ができるとしたらすばらしいと思うのです。子どもたちの持って生まれた情緒を大事にして、豊かな感情や夢を、子どもたちの心を傷つけないように育てたいものです。

夢　　加藤　明美

だれにも人の心は見えない
でも
それが態度に表われてくる

悪いことをする人
泣いている人
狭い心を持つ人を
広い心にできたらいいなあ
暗い心を持つ人を
明るい心にできたらいいなあ
そうしたら
わたしは魔法使い
それとも
心の女神様……?
人の心を豊かにする人
そんな人間にわたしはなりたい

☆何よりも人間として、向上をめざし、もっと豊かに生きようと努める精神は尊いと思う。

十五才

吉川久美子

夢もあります
未来があります
十五才です
すばらしい青春
恋もします
泣いたり笑ったり
たわいのないことでも
深く考えこみます
瞳にうつるものは
何でも新鮮です
私の瞳から見てみませんか
世の中を

きれいなことしかしらない
すばらしい夢をもっている
十五才です
オシャレに興味をもち始め
美しくなりたいと思う年頃です
風の音は私に愛をささやき
青空は私をすっぽり包みこみます
空想によいしれる年頃です

十五才
これからの人生など考えもしない
今日という日をどのようにすごすか
目先のこともかんがえられない
好きな人ができたら
誰かに言いたくって

何でも行動にだしてしまいます
若いんです
でも傷つきやすい年頃です
ほんのちょっとしたことでも
だからだいじにしてくださいね
十五才という心を

十五才の心にとびらはありません
いつでもあけっぱなし
だれか入ってみませんか

☆すなおに、どうぞどうぞとまねいているようなところが、とてもかわいい少女らしく好感が持てる作品。

そよ風

飯田弘美

そよ風
緑のそよ風がお話ししている
木々の葉と花と
何を話しているのかな
何をおこっているのかな
さようならって
ゆれてあいさつしている
こんにちはって
ゆれてあいさつしている
緑のそよ風と木々
のどかだなあ
ほら
また
そよ風がきた

☆そよ風と木々のあいさつが、いかにもしぜんなことばのキャッチボールになっているのに心がひかれる。

花ふぶき　　　　霜村順子

さくら花の花ふぶき
遠い空の向うから
冷たい風がさくらの花びらを
おとしてあるく
あなたは聞いたことがありますか
花ふぶきの調べを
やわらかい花びらの調べを

☆花ふぶきの調べを感じとった心のひらめきがでてきた。

さくらの花

山内崇代

神社の境内の両わきにはえている
さくらの木
学校のいきかえり
いつもしみじみとみる
入学式の日に
みごとに咲いていた花が
もう
花ふぶきとなり
夏の足音が
近くから
きこえてくる

☆さくらの木から、時の流れがわかり、人々の目を覚ましてくれる。

秋

国府田悦子

稲あげを終えて
すがすがしい気持ちでペダルをふむ
村中がガァーガァージィージィさわがしい
稲の香ばしい日だまりのにおいがする
庭といい道といい落ち穂がつもっている
深呼吸をするとあまいもくせいの香がする

☆稲の香ばしい日だまりのにおい、この表現はすばらしい、悦子さんは鋭い感覚を持っている。

短歌教室の作品

短歌教室の人達とは、もう十年以上、毎月中央公民館に集い歌会を開いています。
短歌は、日常生活の中に、信仰とも、教養の一部とも、ささやかな足跡ともなって精進をつづけて参りました。

そして、年に一回は、文学散歩を行い、長野県、山梨県、静岡県、神奈川県、東京、栃木県、茨城県等、自然の美しい名所を散策し作歌活動をしています。

この人達は、温かい精神性にあふれ、ユーモラスで一緒にいると心がなごみます。この人達は、喜びも、悲しみも共にできる人達です。少し短歌を紹介します。

暮れはての彼方に昇る春の月淡々として竹林に差す　須藤ふみ子

親鸞のお手植えされし菩提樹に昔の人の思い重ねる　塚越　久子

霜柱踏みつつ行けば散りしける落葉もたげるふきのとう見ゆ　諏訪よし子

茶の間より眺むる庭に群れ雀小枝に止まりふくれて休む　黒須ハツエ

荒井　妙子

青い空山並染しもみじ谷風にゆられて吊り橋渡る　　栗原はな子

石垣の深紅にもゆる山並の大海原にかもめ飛び立つ　　栗野三重子

朝霧に連らなり渡るつり舟の影絵のあとに白き波立つ　　飯岡　順子

とりどりの塩原のもみじ色づきて心おどりてしばしみとれつ　　宮本　信子

色づいた落葉ひろいて友想い塩原のたび便りにはりて　　飯岡三重子

とりどりの花を愛でつつわが友と萩の花咲く小道をゆきぬ　　塚田　ユキ

温かき友の電話伝わりておちこみし心明るくなりぬ　　芝崎　時子

露おびし草むらの中一面に羽化した蝶は黒く光りて

澄みわたる空のもとでの紅葉狩り寺の鐘の音静かに響く

岡本　祥子

亡き姉の形見の絵画ながめつつ幼き思い出甦がえる日々

横島　幸子

木洩れ日のもるる社の茂みよりうぐいすの声しきりに聞こゆ

石川　敏子

廃屋《はいおく》の柿実りたる庭のすみ小鳥よりきてにわかざわめく

増田　和代

こまくさを求めたどりし雲上の丘渡る風肌にしみいる

吉原　文子

むらさきの蘭花は風に揺れいつつ匂ひ立ちたる朝光の中

篠山　孝子

私は、このよき友達をいつも大切にして、心明るく過ごしていきたいと思っています。

あとがき

私は、茨城県立図書館の社会教育主事として、ＰＴＡ母親文庫を担当しました。各地区の指定校を計画訪問し、言葉を育み伸ばす読書指導は、まず、紙芝居のように最初に絵本を読んでやること、次に語り聞かせ（物語自体を暗記し、絵のない状態で聞かせ、一人ひとりが創造の中で場面を描く訓練を養う）など助言してきました。

県の読書感想文の入選作品を読むと、読書によって知的な色彩感のある感覚の鋭いことばが豊富になり、思いやりの心が育っています。これから子ども達の心を鍛え、豊かな感性を育てるには、まずたくさんの本を読み、いい言葉（生きた言葉）にめぐりあうことだと、しみじみ感じています。

生きた言葉は、心に響く伝えあいのための言葉です。良い言葉を使うと、気分も人生も良くなり、使い方次第で秘められているすぐれた能力をはじめ、あらゆる望ましい資質を引き出すことができます。言葉は使えば使うほど増えていく「財産」のようなもので、愛と富を育んでいきます。生きた言葉は与えられるものではなく、努力して求めれば必ずめぐりあえるもの。そうした生きた言葉が考えをつくり、人生を支配するようになります。

動物は死んで、皮を残すといいますが、人間は命が亡くなっても言葉は残ります。そのため、遺言を書いて残す人もいます。人の世は、山道、坂道が多い旅路です。その苦難の道に灯をともしてくれるのが、生きた言葉であり、また読書なのです。

読書は、自分なりの思索をめぐらしつつ読めば、脳細胞が活発に働き、いろいろな知恵や知識を学ぶことができます。そして、日々わくわくして活動したい事が、次つぎふくらんできて、豊かな人生をひろげてくれます。そのためには、人間関係を良くするこころよいプラスの言葉を口ぐせにして、歩んでいくことができたら、どんなにすばらしいことでしょう。

この世には、すばらしい人達が沢山います。その人達と手をつなぎ、俳句、短歌、詩、書道、華道、茶道、音楽、美術、手芸、料理など、いろいろな趣味を持ちながら、心を磨いていけば、人間関係がよくなり、充実した人生を手に入れることができます。

私は、子ども達に、生きた言葉のめぐりあいを期待しています。美しい言葉と感性を失わず、純粋なやさしい瞳をいつまでも、いつまでも、持続してほしいと思っています。そして、ひとりでも多く読書にしたしみ、知識を得て言葉の表現で広がる楽しさ、言葉で意志を伝え、創造の花が咲く世界を、自分自身の言葉であらわせたら、どんなにすばらしいことでしょう。

最近しみじみと考えるのですが、知識を正しく学びとって知性をみがくのも大切ですが、特に、生き方を洗練するのは芸術であり、また、芸術にこのような役割を与えなければならないと思います。

なぜなら、芸術は先生であり、金銀よりもすばらしい尊いものだと思うからです。そして、芸術は、愛や優しさ、敬意、悲しみ、怒り、憎しみ、熱情など人間のすべての感情を表現することができるからです。

私は、どんないやな時でも、歌の世界にはいり、歌と対話し、ふと我に返ると先程とは違った自分になっていることに気づくことがありました。歌という世界を持つことができたために、前の自分よりも広い心を持てるようになりました。つまり、私にとっては歌が心のささえになっているのです。

泉のわきでるように、考えることが豊かになり、感じることも多くなり、語り合う言葉が美しくひびくようになったら、どんなにすばらしいことでしょう。

二〇一一年　九月吉日　篠山孝子

篠山　孝子（しのやま・たかこ）
1933年生れ。茨城県出身。立正大学文学部国文科卒業。
1977年11月　文部省教員海外派遣団に加わりアメリカ合衆国を視察。
1985年９月　茨城県婦人のつばさ（第４回）海外派遣団（事務局として）カナダ・アメリカを視察。
1994年３月　茨城県水海道市（現・常総市）立五箇小学校校長として退職。
茨城県下妻市在住。

著書：詩歌集「あけぼの」（椎の木書房）
「詩のすきな中学生」（NHK 中学生の広場放映）
「短歌のすきな中学生」「童話のすきな中学生」（虫ブックス中学生シリーズ・茨城県推薦図書）
「アメリカ・歌日記」「花の歌・随想」「鳥の歌・随想」
「小さい心の窓」「女性の四季」（以上、教育出版センター）
絵本「お日さまのようなお母さん」共著（日常出版・全国学校図書館協議会選定図書）
「お母さん窓あけて—いのち輝くとき—」（銀の鈴社）
「愛の毛布—いのち灯すとき—」（銀の鈴社）

阿見　みどり（あみ・みどり）（本名：柴崎俊子）
1937年長野県飯田生れ。学齢期は東京自由ヶ丘から疎開し、有明海の海辺の村や、茨城県霞ヶ浦湖畔の阿見町で過ごす。都立白鷗高校を経て東京女子大学国語科卒業。卒業論文は「万葉集の植物考」。日本画家故・長谷川朝風（院展特待）に師事する。神奈川県鎌倉市在住。
画集：「阿見みどり 万葉野の花水彩画集」Ⅰ～Ⅶ（銀の鈴社）
「やさしい花のスケッチ帖」（日貿出版社）
童話（文）：「コアラのぼうやジョニー」「こねこのタケシ」「ヤギのいる学校」（共に銀の鈴社）「なんきょくの犬ぞり」（メイト）

NDC914
篠山孝子
神奈川　銀の鈴社　2011
P96　18.8cm　なぜ人はいい言葉でのびるのか

銀鈴叢書　ライフデザインシリーズ　定価＝一〇〇〇円＋税

なぜ人はいい言葉でのびるのか

二〇一一年一〇月一〇日　初版発行
著　者―篠山　孝子©　絵―阿見みどり©
発　行―㈱銀の鈴社
〒二四八-〇〇〇五　神奈川県鎌倉市雪ノ下三-八-三三
電話　0467(61)1930
FAX0467(61)1931
E-mail　info@ginsuzu.com
http://www.ginsuzu.com
発行者―柴崎　聡・西野真由美

ISBN978-4-87786-378-4　C1095

（落丁・乱丁本はおとりかえいたします。）
印刷・電算印刷　製本・渋谷文泉閣